액정사회

김종규
전북 정읍에서 태어나 경희사이버대학교 문예창작과를 졸업하고, 2009년 『유심』으로 등단했다. 현재 시를 쓰면서 법무사로 활동하고 있다.
kjglaw@hanmail.net

황금알 시인선 228
액정사회

초판발행일 | 2021년 4월 19일

지은이 | 김종규
펴낸곳 | 도서출판 황금알
펴낸이 | 金永馥
선정위원 | 김영승 · 마종기 · 유안진 · 이수익
주간 | 김영탁
편집실장 | 조경숙
표지디자인 | 칼라박스
주소 | 03088 서울시 종로구 이화장2길 29-3, 104호(동숭동)
전화 | 02)2275-9171
팩스 | 02)2275-9172
이메일 | tibet21@hanmail.net
홈페이지 | http://goldegg21.com
출판등록 | 2003년 03월 26일(제300-2003-230호)

값은 뒤표지에 있습니다.
ISBN 979-11-89205-91-1-03810

액정사회

김종규 시집

황금알

| 시인의 말 |

눈이 닿기 어려운

현란한 페이지들

그쪽으로

무거운 쪽으로 가고

싶지 않았다

방랑하는 내 몸과 말은

바람처럼 오가는 게

내 시의 본처가 아닐까

2021년 봄

김종규

차 례

1부

2부

3부

4부

5부

1부

각시메뚜기

갈댓잎에서 각시메뚜기가
무당사마귀에게 잡아먹히는 순간이
저토록 숨 가쁜 일이다

부풀려
퍼들대는 몸
노란 알들을
또 옥 똑.
떨어뜨리는

저 물큰한
찰나가
영원을 향하는 것이니

껍질을 읽다

열매가 노란 껍질 안에 있다

속껍질에 둘러싸인 알맹이가 말없이 익어 간다

"껍데기는 가라"는 말의 맛은 무엇일까

꽉 움켜쥔 껍질이 두께를 늘리며
영양분을 저장하는

거칠고 울퉁불퉁한 것은 흠이 아니니
발가벗은 채 점등點燈으로 내건다

쓴맛이 배어든, 이도 안 먹히던 껍질이,
탐스러운 열매를 품는 것이다

늙은 호박

들녘을 지나다 늙은 호박을 만났다

성근 바랭이 풀밭, 짙푸른 풀은 퇴색하는 것이다

늙는다는 건 익어간다는 것

불볕과 우레와 무서리를 지나온
끝물로 남은 맷돌호박

구부정한 불빛의
솔잎 불 지펴 넣은 무쇠솥 안에서
돌덩이처럼 무겁던 살덩이가
무르게 풀어져,
놋그릇에
나누어 담기던
겨울밤,

기억의 언덕 아래를 미끄러진다

모과에 관한

노란 모과가 식탁 위에서 썩어간다
잘 익은 것일수록 귀퉁이에
먼저 생긴 검버섯

사막의 능선을 넘듯, 몸속 향을 내뱉으며
쪼그라든
모과,
매끄럽고 두꺼운 껍질을
놓아버린다

썩는다는 건,
돌아갈 길을 찾는 것이다

틈

달맞이꽃밭이었다

언덕 위로 내려온 둥그런
달빛 받아 안은 노란 웃음들
낮이 밤으로 흘러들어
한쪽의 판세가 기울어지듯,
만개滿開에 다다랐던
꽃들이
손 털고 떠난,
틈새를,
풀들이
짙푸른 기세로 일어서고, 있는

여뀌꽃

성북천 일대를 분홍으로 물들인 여뀌꽃
바람에 찰랑인다

매캐한 소음의 포크레인,
실개천 물길을 가로막고
바닥에 쌓인 모래를 퍼 올린다

꽃과 풀을 구분할 리 없는,
뒷일 생각 않는 포크레인 무정한 삽날이
이제 막 분홍빛 고개 총총히 내민 꽃들을
깡그리 무시하는,
흙더미 속에 묻힌
여뀌꽃
비명은 아랑곳하지 않는다

수목한계선

빗자루가 걷어낸 거미 집 자리에
거미는 다시 실을 뽑아
집을 짓네

그만둘 수도 없고, 손을 털도 수 없는
바람의 심술에 출렁이는 집

더 뻗어 나갈 수 없는 수목한계선으로,

고층빌딩에 매달려 유리창을 닦는 사내
하루치 먹이를 부지하는 일이
허공에 실을 뽑는 거미와
다름없네

큰 소리가 나올 법한데

그냥 넘어가 준다, 별일 아니라는 듯이
막 핀 꽃잎 힘껏 흔들어버리듯
큰 소리가 나올 법한데
허물을 캐물을수록 봄날이 구겨질 테니

목련꽃 눈부신 아침
다 수긍이 가지 않아도
딱 부러지게 자를 수 없는 그쪽 사정
눈빛 나누는 일이 더 힘들어
고개나 수그릴 뿐인데,

눈짐작으로도 작지 않은 실수를
웃고 넘기자고
두툼한 손 내민다
한발 물러서서 바라보면
아침이 시끄럽지 않게 되니
벗어놓은 외투 다시 걸치듯,
옆구리 망가진
흰색 쏘나타 운전대를 돌려
미끄러진다

143번 시내버스

힘겹게 버스에 올라선 노인,
흔들리는 버스 손잡이에 붙잡혀,
마른나무로 서 계시다

"노약자석은 비워두거나 노약자에게 양보" 하라는
차내를 울리는 방송으로
뒤통수로 날아와 꽂히는
따가운 눈총 따위야 아랑곳하지 않는,
스마트폰 화면에 얼굴을 묻거나
짐짓 눈 감는다

이토록 꽉 막힌 통로라니
구부정한 몸이 바닥을 짚고,
모래에 꽂힌 막대처럼 휘청여도,

목을 빼 기다려도 가뭄에 콩 날 확률을 기대할 수 없는
다들 청맹과니가 되었는지, 벽을 마주하듯
꿈쩍 않던 이 상황을
바꿔놓은 것은,

고개 꾸벅이다 깨어난 중년의
아주머니인 것이다

시간

무한 반복된다 병목현상을 뚫고 온 점에서 온 점을 되풀이하는
째깍거리며 돌아가는 시곗바늘로 가보지 않은 길을 가보고 있다
개울 밖 돌멩이가 소리 없이 옮겨지는
수국 꽃대를 밀어 올리는
요람에서 무덤까지
정해진 약속을 가고 있다

회화나무의 시간

굳은살 옹이가 박힌 뿌리가
땅 위로 불거져 나왔다 오랜 비바람을
견뎌낸 흔적으로

한쪽만 살아있는, 계류라도 흘러내릴 듯
텅 빈 몸 한복판을
수 세월을 파먹은 어둠이 들어앉아 있다
어느 곳을 두드려도 한 덩이 징의 울림이
쏟아지는
머잖아 천수를 받든 땅으로 마침표 찍을
나무는 고요히 저 너머의 세계를 건너가고 있는지
늦봄이 되어서야,
윗가지 몇 개 비틀어 잎 몇 장
피우며

식당 밥

밥을 먹는다
분주한 손놀림으로 정성스레 갓 지어낸
밥, 숨결이 뜨거워진다
밥 냄새가 피어오르는
한 그릇 밥,
무엇과도 비교할 수 없어
산 옆구리를 허물듯
밥 수저가 둥글게 퍼 올려, 몸 안에
눈빛으로 쌓이는,
하루도 거를 수 없는 일상들
밥때 챙기는 식당 아줌마 손을 빌려
몸으로 차오르는,
밥심을 얻는 것이다

견디는 것

두꺼운 벽에 뿌리를 내린 쇠붙이들이
저 처한 처지를 받아들이듯
붉은 녹물
흘려보내며
늙은 벽을 도반道伴으로
무거운 바닥을 지탱하고 있다

비운다는 것

비를 밀어내 제 무게를
덜어내는 구름으로

쥘 만큼을 움켜쥐다
놓아주는 손아귀

멈추는 곳에서
나를, 멈출 수 있을까

비어있어 설레임을 담는
그릇으로

먼지들

허공 속을 자욱이 떠도는 먼지들,
무리 속의 무리라고 규정지을 수 있을까
다그치므로 뭉쳐질 수 있나
먼지밖에 안 되니,

우주 속, 나란 입자도
무리 속 한 구석을 부유浮遊하다
흩어져 사라지는
먼지일까마는

2부

말言

터져 나오는 활화산에 얼굴을 데인다
콘크리트 벽 같은 침묵을 깨고
떨리는 가지를 누르듯 말문을 열어

허물을 덮고 용서한다 수월관음처럼
눈빛으로 통하던, 끊긴 길을 잇듯
서먹서먹한 사이를 이어주는
말은 따뜻하게 손을 얹기 위한 곳

저녁을 끌어안은 불빛으로,
밝은 사람 냄새 풍기는 곁이 되는 말
골라 하라고
튕겨 나온 험담으로
상처 입은 곳이,
말로써 치유되는

몸의 말

몸이 열을 높이며 앓아눕는다

몸을 혹독하게 부린 탓이다
파업을 선언하듯,
끓는 방바닥에 젖은 솜뭉치로 누워, 누누이
젖다가 식는 몸, 은밀한 곳으로 상자를 열듯
어딘가 나와 통하고 있다

고군분투하는 밤사이, 들뜬 열꽃 누그러뜨리는
땀 쏟아내는,
파고든 꽃샘추위를 여미지 못했던 거다

춥고도 뜨겁게 보낸 몸의 말을
귀 기울여주지 못한 탓이다

붉은 통증

돼지 뼈다귀 뜯다 오른쪽 어금니가 금 갔지
나무에서 수액이 빠져나가듯
뼈의 점성이 점차 희박해진다는 거

오랜 세월을 맷돌로 붙박여
질긴 음식들을 씹어 넘긴 어금니,
순간 포착을 노리는 손목의 집게와
실랑이를 벌이다
금속접시 위로 툭,

떨어진다

살면서 몇 개는 소실이 되는 거라고
붉게 드러낸 혈거穴居,
서로 등 기대어 친근親近하기 위한,
쇠붙이 심겨질 자리가 며칠째,
찌개 냄비처럼 들끓는 붉은 통증이 새 나온다

손에 관한

끝없는 항진으로 축적된 데이터 같은 게 있을까
들쑥날쑥 쇄도하는, 일정에 없는 일들을 소화해내는
그 얼룩들을 묻히기도 하는
실수를 일깨워 만회하고
소모적인 일들을 감당하느라
땀으로 젖는 손,
나무 그늘에서 쉬고 싶지 않을까?
들여다보면 손금이 뭉개지고 흐려져 있는
표나지 않게 몸속을 드나드는
숨처럼,
뒷전에 둘 수 없는 거다
내게서 뗄 수 없는, 그의
수고로움에 기대는

웃음에 관한

TV에서 방영되는 코미디 극장, 사람들은
쉬운 웃음으로 뒤집어진다
누구도 나서서 말릴 수 없는 것으로
배꼽이 날아가게 웃는 것이다
개그맨의 익살에 붙들려서
세상에서 가장 즐거운 일이 웃음 띤 얼굴인 듯
박수치며 그릇 떨어뜨려 웃는, 등급 매긴
웃음이란 없어
방정맞은 웃음이라고 들먹거릴 까닭도 없다

미간에 든 주름이 펴지는
발바닥을 간지럽히듯
못 참는 웃음, 웃을 수 있을 때
맘껏 웃어 보자는 것이다

기억도 늙는 것일까?

수첩에 적어두고도 까맣게 잊는다

아는 길과 이름들을 하나씩 잊어먹는다

손가락으로 세던 숫자를 놓치듯, 현관문 비밀번호가
감감한 것이다

달력에 동그라미로 붙여둔 약속을 깜박하는,
이음새가 낡은 필름인 듯,

먼 옛일들을 다 끄집어내던
머릿속 기억한테도
나이가 드는 듯

세월

뒤 한 번 돌아보지 않는 것이 세월이었다
조금도 뜸 들이지 않고 번개처럼
줄달음쳐가는,

태연자약泰然自若, 달력의 낱장을 뜯어내며
들판의 꽃들이 피고 지는 동안
거미줄 같은 몇 겹의 주름과 흰 머리카락을
늘리며,

흐린 윤곽, 낯설고 익숙한 얼굴이
거울 저편을 채우는

주름의 재발견

당신과 내가 밀고 온 시간의 외연이다
비와 바람과 햇빛이 스며든다
파란의 문장을 새긴다

자벌레가 꿈틀, 주름의 등에 업혀간다
한데 묶인 바코드처럼 떠나지도 지워지지도 않는다
이마에 굽이쳐 흐르는 주름, 소란의 가계도와 연관된
지혜가 굵은 주름 속에 숨어있다고
탈무드가 적는다
눈물샘을 갖고 있지 않아서
한 번도 울어 본 적 없는 것이다
층층의 물고랑을 일으키다 다시
잠잠한 우물로 가라앉는
덩굴식물의 줄기처럼 징징거리지도 않고
한 방향으로 뻗어 나간다

뿌리가 깊다
마음 밑바닥까지 닿아 있다

땀의 발견

표절할 수 없는 것이 소금 내일 거다
한여름 고층 빌딩 낭떠러지에
줄을 맨,
등 고랑을 타고
떨어지는

쨍쨍 내리는 햇빛을, 빈틈없이 맞받아친
땀구멍을 통해
솟는
등에 밴 땀이 소금으로 말리는,
고된 노동에 걸맞은
짙은 땀,
냄새가 이마에 맺힌다
신성한 땀방울의 흔적을
설득하듯

따갑고 쓰린 것이
눈에 스미는 것이다

막걸리

최저임금의 땀으로 버틴, 붉게
달아오른 하루가
양재기 대접 가득,
들이키는,
꿈틀거리는 목울대를 타고,
강물 소리로
흘러드는

연속극

언젠가 다투고 지나갔던 데자뷔의 현상처럼
목청 높이는 빈 깡통의 말들이
사람의 마음으로 묻으면 붉게 번지는
방향을 바꿔도 날아와 박히는 화살,
무덤마다 다 이유가 있어도
저편에서 이편을 바라보지 않는
화내면서 웃는 사정도 있는 것
볼 낯 없는 낯 따가운 눈빛으로도 죄가 성립한다

잘 다듬어진 말의 얼굴이 속으로 독을 품는 거다
아린 맛의 쓴맛을 보여주는
화려하게 포장된 상자가
텅 빈 알맹이였다는 것
속 썩으면서 마음을 닫는, 속사정은 몰랐겠지
아픈 부위가 가만둬도 아물 텐데
목소리 뚝 부러뜨려 파열음을 낸다

비밀의 뒷맛

까발리지 않는 비밀은 없는 거다
검은 선글라스로 눈을 감추고 뒤를 밟는다
스토커처럼 따라붙는 뒤를
자꾸 흘끔거리는 것은 미심쩍은 데가 있어서다

좁혀진 직감의 레이더망에 걸려든
지난밤 당신이 저지른 일을 알고 있는

긴장된 숨 가라앉힌 의심을 품은 발바닥이
짚이는 골목에서 골목을 돌 때,
서서히 어둠이 덮어쓴 베일을 벗듯 꼬리가 붙잡히는
가정假定이 현실로 바뀌어지는 일은
씁쓸함을 뒷맛으로 겪는 거다

부모 사랑 상조회

'간편 이별'이란 상품으로
하늘길 가시는데 가장 편하게 모신다는
효심으로 북받치는, 나오지 않는 눈물 억지로
슬퍼할 필요 없다고
인공 눈물이 대신한다고

엔딩 인사 없는 '아름다운 이사' 이삿짐 옮기듯
누구나 홀로 떠나는 거라고
홀로 불을 삼킨 축축하게 거둔
분골, 분골함에 담겨
파손주의 문구가 새겨진
택배로 배달받는다

수선 피우지 않는 보다 편하게 하늘문에 이르는
홈쇼핑 인기상품으로 판매 중이고
자동주문전화가 가능하다는
부모 사랑 상조회

마지막 남은 효심을 자극하는

붉은 노트 두 권

낚시 드리우기 좋은 봄날
익사한 파란 줄무늬 셔츠가 떠오르다 다시 물밑으로
가라앉아 사라져서 좋은 것은
눈덩이로 불어난 빚

대량으로 밀려드는 외풍이 꽃나무의 목을
꺾은, 기상관측소의 예측과 다르게
때때로 내리는 폭설을 맞았던 거
구조가 바뀐 바깥 공기를 받아들이지 않은
고집스레 달아나지 않던 고양이

눈에 걸려 넘어진 문짝 틈으로 내민
여력 그러모아 갈아탄 다짐이 물거품이 된,
붉은 표지 노트 두 권에
그가 앓은 상실감 몇 페이지 넘겨보는

전단지 한 장의 무게

백화점 쎄일 전단지 한 장의 무게는 얼마나 되나
손들은 몇 번을 내밀고 허탕을 치나
읽기도 전에 무가지로 버려져
발에 짓밟히는

밀반죽처럼 끈질기게 이어가는 전단지의
홍수 속을 지나네

방세와 가스비
하루치의 봉지 쌀이 되는,
가던 발길 멈춘
새파랗게 언 손의
끝없는 종이 한 장의 노고를 보네

출근길

문자 한 통이 날아왔다

실직했고 아내 가출로
돈 갚을 길 없다, 라고

때때로 삶은, 뜻밖에 밀려든 급물살로 길을 잃는다

쌓아 올린 돌탑의 무게가 한꺼번에
무너지듯,
어둠으로 접어든 발걸음이
물을 먹은 나뭇잎으로 무거웠을
어깨 움츠려 날아온 그의 속수무책에
설 자리 없는
그의 내면 한 자락을 읽는

측면

조간신문을 펼쳐 드는데, 눈길 아프게 사로잡는다
칼에 베인 듯,
살처분이 되어 흙구덩이 속에
파묻히는 목숨들,
꿰맬 수 없는 고통은 누군가를 힘껏
부둥켜안는 거지

개미들은 선수들의 작전을 따라갈 수 없다
오늘도 그 틈바구니로 막차나 타는 것이다

때 이른 장맛비에 남녘들판 비닐하우스가
날아가는
변덕스러운 날씨를 피해갈 묘수는 없는 것

쪽샘개발지구 축대 위에 가파르게 나앉은
나귀 등처럼 늙어가는 집들,
e편한세상으로 벗어나고 싶은

네온사인 화살표가 가리키는 암 병동으로

한 죽음이 허리를 펴는,

목련이 거짓말처럼 하얀 꽃잎을 펼친다
쪽방촌 냉기 같은 울렁증이 조간신문을 메꾼다

3부

시詩

아는 길도 에둘러 표지의 뒷면처럼 동떨어져 본다
바늘구멍만큼의 기대감으로 시작한다
떠나보냈던 얼굴이 슬쩍 광택을 내며 나타나는

시라는 암초에 부딪혀,
멍든 숨결이 뜨거워지는
헤아릴 수 없는 통증의 발성법을
꺼내는 것이다

강의실

피 같은 시간이 할애된다
탈피皮脫가 절실한
마음의 몸살과 싸운다
지름길 없는 거다
은유와 상징의 강을
깊고 긴 강물로 흘러가는

제행무상諸行無常의 시절을 통과하며,
서툰 문장들이 제자리를 찾는
품평 박하던 시구詩句들 가을 들녘으로 풍요로워진다
박토로 발아한 구근이
암석지대를 지나며
자태가 고운 꽃으로 피는 거다

자화상自畫像

한 곡조 유행가만 닳도록 듣고 불러 젖히는 내게,
어울리지 않는 품목이라고
오가기를 반복하며 읽었어도
시에게 미온적이었던 나를, 시가
어떻게 알아봤을까?

어떻게 그 울타리 안에 들여놓았을까

내가 여태 찾아 헤맸던 판타지였나
자청한 가슴앓이,
딱딱하고 냉담한
그를 이해하면 할수록
무량의 흥미로 빠져드는

쪽잠

냉장고 한숨 소리에 잠을 깬다
초침 같은 초초함으로 잠을 깨우는 냉장고

쉬이 끓어 넘친 양은냄비 같은 나를, 들킨 것이다
걷고 걸어서 건널만할 때, 늘 붉은 신호등이 걸린다
깊은 밤, 더는 뻗을 수 없는 넝쿨로 우왕좌왕하다
가위눌림의 고초를 겪는다

어둠으로 자라나는 뿌리들
조바심치다 돌풍으로 달아나는 단어

에러 일으킨 시의 뼈대를 가다듬는다
초췌해진 눈이 시를 쓰려고
새벽을 아끼고 있다

파지破紙

자정을 지나 새벽, 한 편의 시가 유리창을 기어오르는
딱정벌레처럼
온 상념을 뒤적이다 주저앉는다

한쪽으로 기울어지는 기울기가
꼭짓점에 이르러 글러 버리는
실패한 연애 같다

엇비슷한 잎과 줄기들,
식상한 패턴의 문장들이
파지로, 가위질에 직면하니

정전停電

귀에 익은 소리들이 멎는다

요란스레 울어대던 압력밥솥이 먹통 되고
관절 앓는 소리 그치지 않던 냉장고 뚝, 멈추고
정적이 찾아들고 비로소 빗장 풀린
이 방, 저 방 식구들
망막 가득 들어찬 어둠으로
한 박자 비켜나는,
닫힌 눈꺼풀로

멈출 새 없던 컴퓨터가
손을 놓는다

일몰日沒

터미널 한구석 즉석복권을 긁다 옆구리를 긁는 뒷덜미에게

달아, 흐린 달아, 여전히 이태백을 읊조리는 그에게

오늘도 삐걱거린 듯 눈 흘기는 노파, 그 옆 잡화점에게

터무니없이 야윈 어떤 중얼거림에게

터무니없이 젖는,
물방울의 소용돌이를 바라보는 턱 수염에게

골목에서 골목으로 이동하다 소리가 끊긴 확성기에게

생선 상자를 끌어 내리는 파마머리에게

어떠신가, 안이 어두워 밖으로 빠져나오려는 목마름 같은
숨골에 갇힌 열기를

여는 것, 불판을 달구는 것으로 시간을 뒤집는
입에 문 'THIS'의 불빛이 허공을 훑는 동안

가지런한 이빨들이 반짝이는,

캄캄한 깊이를 들여다볼 수 없는 눈目처럼
그만큼 저녁은 붉다 나란히
어두워지는 것이니

그 저녁의 울음

한밤 펼쳐지는 춤사위가 있지
한 방울 뜨거운 욕망이, 따스한 살갗에 침 꽂는
목숨 건 흡혈이었던 거

손톱 끝으로 긁는 어둠 저편
귀에 고주파로 울던,
잠 들썩거리던,
가파른 울음이
손바닥 붉게 핏물 번지며
알전구 스위치를 끄듯
뚝, 멎는 것이다

파리들

오십 줄의 사내가 죽었고, 발견되었다
열흘 만에 반지하 셋방에서
대접의 물이 얼어있었고
찢어진 노트 한 장에 '갈비탕 한 그릇 소주 한 병…'
파란색 볼펜의 비뚤어진 글씨가 나왔다

그의 손이 머리카락이 파리로 환생한다면 생물학적으로
말이 안 된다
파리를 죽여서는 안 된다고 강변한다면 위생학적으로도
말이 안 된다

깨어나지 않는 체온이 핏물에 빠져나간 몸은
손발 저어 앞으로 나아갈 수 없는 거다

갈비탕에 내려앉는 파리가
그의 낡은 가방 속 연장과 다른 건
보이지 않는 곳으로 날개 펼쳐 날아갔다는 것
여기서 저기로

바퀴벌레들

어둠을 틈타 구석으로 숨어들다 발견되는
빛이 두려운 놈들, 작은 소요에도 줄달음을 친다
나와 좁혀질 수 없는 놈들의 허기만큼,
불결하다는 데에
치명적인 이유가 있다

싱크대 밑 어디를 막론하고, 끈덕지게 알을 까대는
그 다산을 축복이라고 할 수 없지만,

깊은 밤 쏟아지는 불빛에 소스라치며 도망치는 놈들에게
눈 한번 깜박거릴 틈도 없이 두꺼운 책이 내리치며,
한마디 비명도 없는 죽음으로 치워지는,

내가 살해 욕구의 날렵한 칼날만큼
무섭다는 걸 숨길 수 없을 거다

4부

액정사회 1

손가락 사이로 분주하게 흘러내린 시간은
어디로 간 것일까
뒷걸음치던 발걸음이 원래의 벽 앞에 걸리는
손이 쌓아올린 실적으로 빛을 발하던,
프리패스 되던 아침이,
어디쯤에서 갈래 길이 되었을 것이다
누구의 하품이든 차별 없던
특징 없이 보낸 날들은 없었을 것이나
뒤떨어진 거리를 따라가는 건
무릎의 힘이 남을 때나 가능한
두드림이 부족했던 것인가
열렬히 터지던 핸드폰의 감촉은
발설할 수도 없다

액정사회 2

휴가는 꿈도 못 꾼다
발등에 떨어진 불, 끄기가 바빠서
말 꺼낼 형편도 못 되는
입 닫고 있는 것으로 편안하다

들뜬 마음을 바닥으로
내려놓아
달아올랐던 마음을
가라앉히는

가끔,
머릿속 환상이
더
축제 같을 때가 있다

액정사회 3

알람시계가 흔들 땐
아침잠에서
깨어나야 한다

출근길이 늦어 허둥대는
치통이 있다고
둘러대야 하는데,

그건 여러 번 써먹었던 멘트다

막상 꺼내 놓을 변명거리가 없는
고개나
바닥으로
숙이는 거다

액정사회 4

힘차게 뛰는 이두박근으로

붙박여 있는 벽의 스프링처럼
버텨주기를 바랐을 텐데,

몰려든 불황의 그늘에 덩달아
피 한 방울 보이지 않고
일터가 잘린 것이다

어깨너머로 배운, 기술과
연장들의

손발을 묶는,

액정사회 5

많은 사람들이 모두 돈 얘기로
하루해를 보내는데,

그 나물에 그 밥이다

천둥 번개 그친 뒤의 평안을 안겨주는
햇살처럼,

등 대고 방바닥에 누워
코 골고 잠들 수 있었던 때,

시원한 물 한 그릇으로
살아지던 때가, 있었던

액정사회 6

인생은 단 한 방이라고,

한 번도 당첨 안 된
번번이 손에서 찢겨나간

손을 위로하는,

무작위로 뽑힌 숫자판의
조합에서 8자가 핀다는

당첨된 번호들이 꿈꾼 돼지가 우글거리는
꿈,

맑은 대낮, 마른 벼락이 떨어질
0,0001의 확률을
뒤로 넘길 수 없는 거다

이 시대의 우화寓話 1

해가 기운 운동장을 모를 리 없고
타임아웃인 걸 모를 리 없는
광장을 가득 메운 촛불들을

도랑물로 쉽게 잠잠해질 거라고
믿었겠지

속 빤히 들통 날
의심 많은 꽃을 왜 홀로 피우려고 했을까?

삶 1

점화된 도화선으로, 팔 힘껏 뻗어도
얼굴에 구김살이 지는

온몸 밀어 올려 불린, 삶의
총량이라고 할 수 있는 것

응원으로 건넜던 빙판길,
꽃 피고 새 울던 전성기를 가지려는 것이다

삶 2

치솟는 엥겔지수의 그래프를 끌어 내리는,
꼭두새벽을 빠짐없이
걸은,
땀방울 하나
남아나지 않게
눈보라의
앞날을
뚫고
가는

머그잔, 나비

손에서 떨어뜨린 머그잔이 산산이 조각났다
손이 미처 붙잡을 틈을 주지 않고

파란 나비 문양을 담은
머그잔, 뜨거운 커피 휘저으며 보낸
손때 묻은 시간이 늦은 밤의 빗소리를
불러 앉히기도 한,

붉게 핀 유월의 목단이 지듯, 파편으로 날아간 나비
뜨거움으로 교통交通했던 한때가

눈 닿는 곳에 덩그러니 놓이는

몇 번일까
빗나간 손이 툭, 놓친
마음 졸던
시간들

바람의 뒷면

설레임의 바람은 갈망하는 쪽으로 분다

대중없이 떠도는 바람이
비를 몰아 파란 수국을 피게 하고
플라타너스 잎을 건드려 드뷔시를 연주하는 것이다

시작도 끝도 모를 바람의 주둔으로 삼라만상이
깨어나는 것이다
풀죽은 풀들을 일으켜 세우는 바람의 생명력
돌탑의 모서리가 쓸려가는
무변의 바람 소리만
두고 가는

흔한 장면

중랑천 봄볕 아래 물오리와 비둘기가
노닐고 있다

경쟁하듯, 어깨 나란히 징검돌을 사이에 두고
물살을 헤엄치며 징검돌을 건너뛴다

막상막하의 실력에, 앞서거니 뒤서거니 하는
놈들을 번갈아 응원의 박수
보내는데, 돌연 한 놈이 오던 길을 돌아서 버린다

얼음에서 깨어난 물소리나 들을 일이라고
승패 겨룸 따위는 물 밖에서나 벌어지는
어설픈 내 장단에 맞춰 놀아날 놈들이
아닌 거다, 꽁지깃 흔들며 서로 갈 길 가고 있는

물오리와 비둘기였을 뿐이다

몽골에서
— 마부馬夫노인

몽골 톨강 초원, 말고삐를 잡던
노인에게 캔맥주를 건넸다

목을 뒤로 활짝 열어젖히고
한 모금 시원하게 들이키는 노인의
텅 빈 잇몸 사이로,
햇볕에 까맣게 그을린 미소가 흘러나온다

갈증 벗은, 그의 웃음이 탄산수 거품처럼
피어오르는,
허술한 몸에 스며든 돌발성의
환희였으리라
노인이 뒤돌아서는 내게 여러 번
합장을 보내는 것이다

마네킹

컬러풀한 의상을 걸친 진열장의 마네킹들,
속눈썹 깜박거리지 않는다
익명의 이미테이션 냄새를 풍기는
보랏빛 반짝이는 입술과
무게 없는 몸으로 눈길 사로잡는 그녀

오드리 헵번을 내세워
상품성을 끌어올리는, 형광등 불빛 뒤에 묶여
수치심 지워진 살갗으로
나이가 들지 않는,

어두운 몸 안쪽엔 마주할 수 없는
그녀의 수다가 쌓인다

입춘방立春榜

옴니아, 태블릿 피시, 넷북, 아이북,
모노크롬의 세련된 이름들이
느린 손을 받아들이지 않는다

속도와 대응할 줄 모르는
뇌가 어지럼증을 일으킨다
당황이 쏟아지는 어두운 미로를 헤매는 내게
쉽게 눈 맞춤을 허락하지 않는
첨단을 구가하고 있는 디지털,
제자리걸음으로 맴도는 나를
닫힌 벽으로
함구하는 것이다

침침하고 느리게 돌아가던 아날로그,
묵향 머금은
'모닝플라워꽃집'유리문
입춘방으로 눈길이 멎는다

5부

우기가 지나가는

내셔널 지오그래픽이 만든 다큐멘터리
자막의 목소리에 무덤덤하네
서아프리카 바하리야 사막의 햇빛과 함께
끝없이 걷고 걸어
맨발의 물통이 닿은 물웅덩이,
그만큼이 전부인 듯, 노란 물통 하나를 채워
네 명이 사용할 하루치 물의 양이라고 하는
내가 낭비했던 물이
뜨겁게 증발하는 것을 보네

비에 목타던 숨들이 어깨춤으로 맞는
우기의 8월이 쏟아내는 빗줄기, 끌어모으는
붉은 바닥, 몇 번 더 비웠다 채우는
물웅덩이가 되네

봉산 약수

묵은 속병이 사라졌다고
물병의 목을 채워가는 노인을 종종 마주치지만,
샛길의 산 중턱을 걸어올라
맞는, 산 옆구리를 열고
흘러나오는
한 줄기 맑은 물소리를
고수하고 있을 뿐,

허리 굽혀 받아마시는 한 모금 물맛으로
목마름이 가라앉는
늘, 흘러넘치는 샘물 나무와 꽃들에게도
흘러든다
몸속 숙취 헹구는 나를, 휘돌아
빠져나가는
물, 돌바닥으로 떨어지는 물소리나
듣는 것이다

때때로, 북적이는 생각들을 깨며

봄, 단상斷想

앞다퉈 피려는 신생新生의 주인공을 보내온 듯,

봄으로 지핀 땅속 우주가 일제히
팽창할 때,
갖가지 색을 빚는 전생의 고수들인 듯, 꽃들이
저마다의 색깔을 내어
고봉으로 핀다

서소문로 플라타너스는 왜 다시 잎을 내는가?

표지판이나 상점의 간판들을 가로막서라고
연둣빛 번짐으로 수차례 반복되고 있는,

인부들의 톱날에 새하얀 피톨 낭자하게 흩뿌린
나무의 모골 송연했던 흔적이 푸른 날의 약속이라고,

플라타너스, 물기 머금은 가지들
베어져 나간 자리가 푸르름으로 번져간다

탁한 소음과 찌푸린 매연들 속에서
한여름 짙고 서늘한 그늘을 거느리며
한곳에 오래 뿌리 내려 지키고 있는
서소문로의 키 큰 가로수

또다시 걸려들 인부들 톱날을 피할 수 없겠지만
플라타너스, 몰려나온 연두 잎들 봄을 늦추지 않는다

씨앗이 눈을 뜰 때

겨울 들판에서 동면에 들었던 씨앗이
썩어 싹을 틔우네
껍질을 벗고 땅에 안착한 실뿌리가
흙의 두께와는 무관한 듯,
머리 위로 얹힌 흙을 밀어내고
새싹을, 흙 위로 밀어 올리는 것이네

땅속, 뿌리의 힘만은 아니었을 성싶은
부푼 흙무덤 사이로 스민 한 줌 빗물과
햇빛, 바람의 도움이 더 컸을
때맞춰 떨어뜨리는 빗물과 햇빛과
바람의 손길에
자란 초록 물결들이
들판을, 누런 이삭으로 영그는 거네

물방울

풀잎에 매달려서 어떤 황홀경을
꿈꾸고 있나
풍선 속처럼 부푼,
불어나는 불안을 붙들고
빛 발화를 꿈꾸던
물방울,
바람결에
무지갯빛 거품으로 꺼지며 사라지는,
…
숨처럼
짧은

빨래들

고행의 방식을 끝마치고
빨래집게에 걸려있다 밀치고 당기는 소용돌이에서
풀려난 춤사위
저산소증에 시달린 잠수부 같은 공중의 중얼거림,
철공소의 소음과 분진
강력세제가 필요했겠지
우쭐거릴 일 없는 빨래들이
볕 좋은 빨랫줄에 내걸려 팔과 다리
어깨의 주름을 펴는
오점汚點 투성이의 청바지가
공중부양을 하는 맨 마지막의 빨래집게를 물고

삼청동 1

추울수록 더 단단해지는 것이
자작나무였다

물밑에서 볼품없던 돌을 물 밖으로
건져 올려보면
돌의 쓰임새가 달라 보이는 것이다

햇빛 내리꽂히는
황무지로
발목 붙잡던,
땅바닥에 버려진
씨앗 한 톨

꽃 피고 풍성한 열매가 될지 몰라
온 가슴의 온기로 품어가던

속

홍시 속살 터지듯, 안 터지는 속 없다고

속이 전어 속 썩듯 썩어 문드러진다고

국솥처럼 부글부글 속을 끓였으니

담즙보다도 더 쓰겠으나

몇십 리 속까지 탈탈 털려 까발리는

식은 만두 옆구리가 터지듯,

복장 터지는 일들 자꾸 생겨난다고

속도

엔진이 분출하는 아찔함에 꽂혀
먹잇감의 뒤를 쫓는 포식자처럼

살인적인 속도로 내달리다
서로 충돌을 피하지 못하는
쇳덩이,

팽팽하게 잡아맸던
안전벨트도
부질없이
아스팔트 바닥 위로 붉은 실루엣을 물들인다

안달 속을, 가속페달로 밟아대던
속도와 속력은
그제야 제로로 멈춘다

좌변기

묵언수행을 끝낸 삶의 뒤를 돌아본다

속된 열망이,
어둠의 비상구를 통과하는

거친 물살에 소용돌이치는
밀린 숙원을 밀어낸 듯,
허리띠 한 눈금이 조여진다

속 앙금 비우는 거라고
다시금 맑은 물소리가 채워지는

해설

■ 해설

영원한 진실을 말하는 상태에 관하여

— 김종규의 시 세계

권　온(문학평론가)

1.

로버트 그레이브스Robert Graves에 따르면 "시인이 된다는 것은 직업보다는 상태에 가깝다To be a poet is a condition rather than a profession." 로버트 그레이브스의 언급에서 눈에 띄는 바는 시인의 성격이 고정적이지 않다는 사실이다. 시인이라는 특정한 직업이 있는 것이라기보다는 다양한 상태를 경험하고 이를 자연스럽게 표현할 수 있다면 시인에 가까이 다가설 수 있다는 의미일 수 있겠다.

김종규의 첫 시집을 읽는 일은 시인의 개념을 정립할 수 있는 드문 기회일 수 있다. 우리는 이 자리에서 「모과에 관한」「수목한계선」「몸의 말」「주름의 재발견」「전단지 한 장의 무게」「쪽잠」「일몰日沒」「머그잔, 나비」「바람의 뒷면」 등 아홉 편의 시를 읽으면서 시인의 시 세계를

점검할 수 있을 테다. 그의 시를 읽는 독자들은 스스로의 몸과 삶을 돌아보고 사회 곳곳의 아픔을 살필 수 있는 새로운 인식의 계기를 얻을 게다. 김종규의 시가 건축하는 마법의 현장을 구체적으로 확인해 보자.

2.

노란 모과가 식탁 위에서 썩어간다
잘 익은 것일수록 귀퉁이에
먼저 생긴 검버섯

사막의 능선을 넘듯, 몸속 향을 내뱉으며
쪼그라든
모과,
매끄럽고 두꺼운 껍질을
놓아버린다

썩는다는 건,
돌아갈 길을 찾는 것이다

—「모과에 관한」 전문

김종규가 바라보는 대상은 '모과木瓜'이다. 시인은 노랗게 익은 과일이 "식탁 위에서 썩어"가는 모습에 주목한다. 그는 1연 2행과 3행에서 유의미한 현상을 포착한다.

“잘 익은 것일수록 귀퉁이에/ 먼저 생긴 검버섯”이라는 진술은 독자에게 성찰의 계기를 제공한다. ‘잘 익은 것’과 ‘검버섯’은 서로 어울리지 않는 조합으로 여겨질 수 있는데, 바로 이러한 아이러니한 상황에서 남다른 인식 또는 자각이 탄생한다. ‘플러스’가 ‘마이너스’를 잉태한다는 김종규의 발상은 ‘변증법’과 연결될 수도 있다.

시인은 2연에서 ‘모과’의 현실을 결과와 원인의 관점에서 서술한다. 노랗게 익은 과일로서의 ‘모과’는 “매끄럽고 두꺼운 껍질”이라는 현실을 보여주는데, 김종규는 이러한 현실의 원인을 날카로운 상상력으로 추적한다. 그에 따르면 ‘모과’는 ‘아라비아의 로렌스’가 “사막의 능선을 넘듯” “몸속 향을 내뱉으며/ 쪼그라”들었다. 뜨거운 여름을 견딘 후 맛보는 풍성한 가을 향기가 모과의 현실일 수 있다. 이 시의 진면목을 보려면 3연에 주목해야겠다. 시인은 “썩는다는” 것을 “돌아갈 길을 찾는 것”으로 규정한다. 우리는 일반적으로 썩는다는 것을 ‘소멸’이나 ‘종말’ 또는 ‘죽음’ 등으로 이해하지만 김종규의 생각은 다르다. 그는 썩는다는 것을 ‘근원’으로의 회귀로 이해한다. 이제 다시 시작인 것이다.

> 빗자루가 걷어낸 거미 집 자리에
> 거미는 다시 실을 뽑아
> 집을 짓네

그만둘 수도 없고, 손을 털도 수 없는
바람의 심술에 출렁이는 집

더 뻗어 나갈 수 없는 수목한계선으로,

고층빌딩에 매달려 유리창을 닦는 사내
하루치 먹이를 부지하는 일이
허공에 실을 뽑는 거미와
다름없네

—「수목한계선」 전문

이 시를 읽는 일은 여러 겹으로 이루어진 '페이스트리pastry'를 맛보는 것과 닮았다. 하나는 '거미' '거미집'과 연결된 층이다. '거미집'은 누군가에 의해 또는 무엇에 의해 제거되어야 하는 숙명을 타고났다. 곧 '거미집'은 '빗자루'에 의해 걷어냄을 당한다. 그러나 "거미는 다시 실을 뽑아", 바로 그 "자리에" "집을 짓"는다. '거미'는 "바람의 심술에 출렁이"면서도 '거미집' 건설을 "그만둘 수도 없고, 손을 털 수도 없는" 입장에 놓여있다. 외부 충격에 노출되기 마련인 '거미집'임에도 불구하고 '거미'는 그것을 포기할 수 없다. '거미'에게 '거미집'은 생生의 터전이자 존재의 이유일 수 있기 때문이다.

3연 "더 뻗어 나갈 수 없는 수목한계선으로,"는 다른 하나의 층을 이룬다. '수목한계선樹木限界線'은 수목 곧 나무가 생존할 수 있는 한계선을 가리킨다. 김종규는 독자들에게 거미가 거미줄을 뻗어 거미집을 짓는 과정이 나무가 수목한계선을 넓히는 과정과 닮았음을 보여준다. 한 편의 시에서 하나의 '층'과 다른 하나의 '층'이 만나서 두 겹의 읽기를 가능하게 하는 지점은 언제나 흥미롭다. 복합적인 층위의 시가 탄생하는 순간이다.

시인은 4연에서 또 다른 층을 제시한다. 그것은 "고층 빌딩에 매달려 유리창을 닦는 사내"에 관한 이야기일 수 있다. '사내'가 위험천만한 일을 하는 이유는 아마도 "하루치의 먹이를 부지하"기 위함일 테다. 이 시는 '거미'와 '나무'와 '인간'이 각각 다른 방식으로 생존하면서도 결국 같은 방식으로 살아있음을 보여준다. 삶을 향한 숭고함 또는 경외감을 느낄 수 있는 예술이 아닐 수 없다.

몸이 열을 높이며 앓아눕는다

몸을 혹독하게 부린 탓이다
파업을 선언하듯,
끓는 방바닥에 젖은 솜뭉치로 누워, 누누이
젖다가 식는 몸, 은밀한 곳으로 상자를 열듯
어딘가 나와 통하고 있다

고군분투하는 밤사이, 들뜬 열꽃 누그러뜨리는
땀 쏟아내는,

파고든 꽃샘추위를 여미지 못했던 거다

춥고도 뜨겁게 보낸 몸의 말을
귀 기울여주지 못한 탓이다

—「몸의 말」 전문

시인이 집중하는 대상은 '몸'이다. 자각하지 못하는 경우가 많지만 인간에게 '몸'은 거의 모든 것이나 다름없다. 현대인은 '몸'의 소중함을 깨닫지 못하고 그것을 혹사한다. 김종규는 아픈 몸이 전하는 '말'을 독자들에게 전달한다. 시인이 파악한 '몸'은 '젖은 솜뭉치'이다. '몸'은 "열을 높이며", 뜨거워졌다가 "들뜬 열꽃 누그러뜨리는/ 땀 쏟아"내었다. 열기로 가득하던 '몸'이 차갑게 식어버렸다.

'몸'이 이렇게 "앓아"누운 까닭은 '꽃샘추위'에 제대로 대응하지 못했기 때문이다. 그러나 김종규는 스스로의 오류를 깨닫는다. "어딘가 나와 통하"는 '몸'의 '파업'을 인정하는 것이다. 그는 "몸의 말을/ 귀 기울여주지 못한 탓"에 '젖은 솜뭉치'로서의 '몸'이 탄생했음을 고백한다. 시인의 고백처럼 우리는 '몸의 말'에 귀 기울여야 한다. '몸'의 '전조前兆'를 소홀히 여겨서는 안 된다는 김종규의 제안을 곱씹어 봐야겠다.

당신과 내가 밀고 온 시간의 외연이다
비와 바람과 햇빛이 스며든다
파란의 문장을 새긴다

자벌레가 꿈틀, 주름의 등에 업혀간다
한데 묶인 바코드처럼 떠나지도 지워지지도 않는다
이마에 굽이쳐 흐르는 주름, 소란의 가계도와 연관된
지혜가 굵은 주름 속에 숨어있다고
탈무드가 적는다
눈물샘을 갖고 있지 않아서
한 번도 울어 본 적 없는 것이다
층층의 물고랑을 일으키다 다시
잠잠한 우물로 가라앉는
덩굴식물의 줄기처럼 징징거리지도 않고
한 방향으로 뻗어 나간다

뿌리가 깊다
마음 밑바닥까지 닿아 있다

—「주름의 재발견」 전문

'주름'은 피부가 쇠하여 생긴 잔줄을 가리킨다. 시적 화자 '나'와 '당신'이 주도하는 이 시는 '주름'을 "당신과 내가 밀고 온 시간의 외연"으로 해석한다. 이뿐만이 아니다. '주름'에는 "비와 바람과 햇빛이 스며"들고 "파란의 문장"이 새겨진다. '주름'에는 또한 '지혜'가 담겨있다.

"굵은 주름 속에"는 심오한 지혜가 내재할 가능성이 높다. 김종규는 '주름'을 '덩굴식물'로서 파악한다. 그것은 "한 방향으로 뻗어나"가고 깊은 '뿌리'를 확보함으로써 "마음 밑바닥까지 닿아 있다"

시인에 따르면 '주름'을 단순한 피부 현상으로서 이해해서는 곤란하다. '주름'의 발생은 '시간'의 축적에서 비롯된다. 시간의 축적은 삶의 성숙을 의미한다. 시간 또는 삶의 흐름은 '비' '바람' '햇빛' '파란' 등을 동반한다. 이를 '희로애락喜怒哀樂'으로 이해하는 일은 자연스럽다. 김종규는 '주름'을 어떤 방향성으로 판단한다. 그가 바라보는 '주름'은 더 멀리, 더 깊게 움직인다. 이 글은 독자들이 3연 2행의 "마음 밑바닥까지 닿아 있다"에 주목할 필요가 있다고 생각한다. 여기에서 '마음 밑바닥'은 "당신과 내가" 함께 "밀고 온 시간"과 연결될 수 있기 때문이다. '당신'의 마음과 '나'의 마음이 하나로 연결되는 순간, '주름'은 태어날 수 있을 테다.

백화점 쎄일 전단지 한 장의 무게는 얼마나 되나
손들은 몇 번을 내밀고 허탕을 치나
읽기도 전에 무가지로 버려져
발에 짓밟히는

밀반죽처럼 끈질기게 이어가는 전단지의
홍수 속을 지나네

방세와 가스비
하루치의 봉지 쌀이 되는,
가던 발길 멈춘
새파랗게 언 손의
끝없는 종이 한 장의 노고를 보네

—「전단지 한 장의 무게」 전문

사람이 붐비는 번화가를 걷다 보면 '전단傳單' 또는 '전단지傳單紙'를 건네는 '손들'을 만나게 된다. 시인은 일상의 비근한 사례에 속하는 전단지에 주목한다. 누군가는 전단지를 건네고 누군가는 그것을 받는다. 어떤 '손들'이 "읽기도 전에 무가지로 버려져/ 발에 짓밟히는" 전단지를 내미는 이유는 무엇인가? '손들'이 "밀반죽처럼 끈질기게 이어가는 전단지의/ 홍수"를 포기할 수 없는 까닭은 무엇인가?

김종규는 '손들'에 담긴 각별한 사연을 생각하고 상상한다. '손들'이 "새파랗게 언 손"으로 "끝없는 종이 한 장의 노고를" 멈추지 않는 이유는 그러한 노고가 "방세와 가스비,/ 하루치 봉지 쌀"을 감당할 수 있기 때문이다. '손들'은 전단지를 무수히 "내밀고 허탕을 치"면서도 다시 전단지를 건네야 한다. 할당된 전단지를 행인에게 모두 넘긴다는 것은 생존의 가능성을 높이는 일이라는 점에서 '전단지 한 장의 무게'는 결코 가볍지 않다. 우리는 이 시를 읽으며 전단지가 누군가에게 따뜻한 방과 맛있는 음식을 제공할 수 있음을 깨닫는다.

냉장고 한숨 소리에 잠을 깬다
초침 같은 초초함으로 잠을 깨우는 냉장고

쉬이 끓어 넘친 양은냄비 같은 나를, 들킨 것이다
걷고 걸어서 건널만 할때, 늘 붉은 신호등이 걸린다
깊은 밤, 더는 뻗을 수 없는 넝쿨로 우왕좌왕하다
가위눌림의 고초를 겪는다

어둠으로 자라나는 뿌리들
조바심치다 돌풍으로 달아나는 단어

에러 일으킨 시의 뼈대를 가다듬는다
초췌해진 눈이 시를 쓰려고
새벽을 아끼고 있다

—「쪽잠」 전문

총 4연으로 이루어진 이 시는 크게 두 개의 영역으로 구분할 수 있다. 1연과 2연은 작품의 제목이기도 한 '쪽잠'에 집중한다. 짧은 틈을 타서 불편하게 자는 잠을 가리키는 '쪽잠'은 깊이 들지 못하거나 흡족하게 이루지 못한 잠을 뜻하는 '선잠'과 연결될 수 있는 단어이다. 냉장고 돌아가는 소리나 초침 움직이는 소리는 작고 미세할 수 있지만 인간의 육체는 때로 이런 소리에 예민하게 반응한다. 편안하게, 마음껏 잘 수 없는 상황에서 발생하는 쪽잠은 '초조함'에서 기인하는 것일 수 있다. 시적 화자 '나'는 '소리'와 '초조함'에 반응하는 자신을 "쉬이 끓어 넘친 양은냄비"로, "더는 뻗을 수 없는 넝쿨"로 규정한다. '나'는 "걷고 걸어서 건널만 할 때, 늘 붉은 신호등"에 걸리는, "가위눌림의 고초를 겪는" 사내이다.

3연과 4연은 '나'가 '쪽잠'에 시달리고, '신호등'에 걸리며, '가위눌림'에 힘겨워하는 원인을 제시한다. '나'가 '어둠' 속에서 방황하던 까닭은 '단어'를 찾기 위해서였는지 모른다. '나'는 "에러 일으킨 시의 뼈대를 가다듬는" 시인詩人이다. '나'는 "조바심치다 돌풍으로 달아나는 단어"를 결코 포기할 수 없다. '나'의 "초췌해진 눈이 시를 쓰려고/ 새벽을 아끼고 있"듯이 우리도 삶의 모든 순간을 허투루 흘려보내지 않아야겠다.

터미널 한구석 즉석복권을 긁다 옆구리를 긁는 뒷덜미에게

달아, 흐린 달아, 여전히 이태백을 읊조리는 그에게

오늘도 삐걱거린 듯 눈 흘기는 노파, 그 옆 잡화점에게

터무니없이 야윈 어떤 중얼거림에게

터무니없이 젖는,
물방울의 소용돌이를 바라보는 턱 수염에게

골목에서 골목으로 이동하다 소리가 끊긴 확성기에게

생선 상자를 끌어 내리는 파마머리에게

어떠신가, 안이 어두워 밖으로 빠져나오려는 목마름 같은
숨골에 갇힌 열기를
여는 것, 불판을 달구는 것으로 시간을 뒤집는
입에 문 'THIS'의 불빛이 허공을 흩는 동안

가지런한 이빨들이 반짝이는,

캄캄한 깊이를 들여다볼 수 없는 눈目처럼
그만큼 저녁은 붉다 나란히
어두워지는 것이니

—「일몰日沒」 전문

김종규는 여기에서 새로운 스타일의 시를 선보인다. 시인은 열 개의 연으로 구성된 이 시에서 전반부에 해당하는 일곱 개의 연을 한 행으로 처리하고 각각의 연의 마무리를 '~에게'라는 형식으로 통일한다. 그는 1연에서 '뒷덜미'를, 2연에서 '그'를, 3연에서 '잡화점'을, 4연에서 '중얼거림'을, 5연에서 '턱 수염'을, 6연에서 '확성기'를,

7연에서 '파마머리'를 주목한다. 김종규가 1연부터 7연까지 포착한 대상들은 어떤 사람들 곧 어떤 군상群像이다. 시인이 관찰하는 사람들은 우리 사회의 주류主流에 해당하지 않는다. 그들은 늙고 야위었으며 '구석'이나 '골목' 등 변두리에서 배회한다.

8연은 어떤 인물에 집중한다. 그는 '목마름'과 '열기'와 '시간'으로 충만하다. "불판을 달구"고 "뒤집는" 행위를 지속하는 그의 입에는 'THIS'가 물려있다. 김종규가 붙잡은 8연 5행 곧 "입에 문 'THIS'의 불빛이 허공을 훑는 동안"은 '순간'이지만 동시에 '영원'을 꿈꿀 수 있는 계기이다. 이 시행詩行을 읽는 독자들은 놀라운 핍진성逼眞性을 확인하게 되는 것이다. 10연 2행과 3행을 보면 "저녁은 붉다 나란히/ 어두워지는 것이어서"라는 표현이 등장한다. 이 대목은 작품의 제목인 '일몰日沒'과 연결된다. 특히 '나란히 어두워지는 것'이라는 부분에 주목하고 싶다. 하루가 저물어가는 시간을 누군가와 함께 나누려는 시인의 마음이 따뜻하고 아름답기 때문이다. 그것은 마치 "물먹는 소 목덜미에/ 할머니 손이 얹혀졌다./ 이 하루도/ 함께 지났다고,/ 서로 발잔등이 부었다고,/ 서로 적막하다고,"라는 진술(김종삼, 「묵화墨畫」)과 연결되는 감성이다.

손에서 떨어뜨린 머그잔이 산산이 조각났다
손이 미처 붙잡을 틈을 주지 않고

파란 나비 문양을 담은
머그잔, 뜨거운 커피 휘저으며 보낸
손때 묻은 시간이 늦은 밤의 빗소리를
불러 앉히기도 한,

붉게 핀 유월의 목단이 지듯, 파편으로 날아간 나비
뜨거움으로 교통交通했던 한때가

눈 닿는 곳에 덩그러니 놓이는

몇 번일까
빗나간 손이 툭, 놓친
마음 졸던
시간들

—「머그잔, 나비」 전문

살아가다 보면 가끔 그런 체험을 하는 경우가 있다. 접시나 컵 또는 잔 등을 떨어뜨려서 깨뜨리는 경우! 김종규는 이 시에서 "손이 미처 붙잡을 틈을 주지 않고" "손에서 떨어뜨린 머그잔이 산산조각" 나는 당황스러운 상황을 다룬다. 시인은 2연에서 '머그잔'을 구체화한다. 머그잔에는 '파란나비 문양'을 담고 있다. 나비 문양이 담은 머그잔에는 '손때 묻은 시간들'이 담겨있다. '시간'이 모여서 "뜨거운 커피" 같은 '삶'이 되고 "늦은 밤의 빗소리” 같은 ‘인생’이 된다는 점에서 ‘머그잔’은 긴요한 매체이다.

김종규는 머그잔 위의 나비를 단순한 문양으로 이해하지 않는다. 그는 나비를 살아있는 생명체로서 수용한다. 시인에 따르면 유월의 목단이 붉게 피었다가 지듯이, 머그잔 위에 머물러 있던 파란 나비 문양은 손에서 떨어져 파편이 되는 순간 한 마리 나비가 되어 날아간다. 김종규는 ‘머그잔’과 ‘나비’를 연결하는, 무생물無生物을 생물生物로 전환하는 시의 마법사이다. 한국시단을 뒤흔들 놀라운 시인이 탄생하였다.

설레임의 바람은 갈망하는 쪽으로 분다

대중없이 떠도는 바람이
비를 몰아 파란 수국을 피게 하고
플라타너스 잎을 건드려 드뷔시를 연주하는 것이다

시작도 끝도 모를 바람의 주둔으로 삼라만상이
깨어나는 것이다
풀죽은 풀들을 일으켜 세우는 바람의 생명력
돌탑의 모서리가 쓸려가는
무변의 바람 소리만
두고 가는

—「바람의 뒷면」 전문

김종규는 '바람'에 집중한다. 그가 바람에 주목하는 이유는 그것이 역동적이기 때문이다. 시인에 따르면 바람은 '설렘'이나 '갈망' 같은 어떤 마음의 움직임에서 출발한다. 김종규가 바라보는 '바람'은 매우 개성적인 것이어서 독자들에게 강렬한 인상을 남기기에 부족함이 없다. 바람은 "비를 몰아 파란 수국을 피게 하고" "플라타너스 잎을 건드려 드뷔시를 연주"한다. 또한 바람은 '삼라만상'을 일깨우고, "풀죽은 풀들을 일으켜 세"운다.

시인이 여기에서 소환하는 '바람'은 단순한 '공기의 움직임'이 아니다. 그것은 '간절한 마음'이기도 하다. 김종규가 형상화하는 바람은 공기의 움직임이자 마음의 움직임이다. 이 시의 바람에는 복합성이 내재한다. 3연 5행에 등장하는 "무변의 바람소리"에서 우리는 '무변'을 어떻게 이해해야 할까? 시인이 직조하는 '무변'은 '무변無邊' 곧 끝이 없으면서 동시에 '무변無變' 곧 변함이 없음을 뜻하는 게 아닐까? 독자들은 복합성의 원리를 제대로 구사하는 장인匠人으로서의 시인을 기억해야겠다.

3.

김종규의 첫 시집을 함께 읽었다. 「모과에 관한」은 독자에게 성찰의 계기를 제공하였다. 썩는다는 것을 '근원'으로의 회귀로 이해하는 시인의 태도를 기억해야겠다.

「수목한계선」은 두 겹의 읽기를 가능하게 하는 복합적인 층위의 작품이었다. 「몸의 말」에서 김종규는 '몸'의 '전조'를 소홀히 여겨서는 안 된다는 메시지를 제안하였다. 「주름의 재발견」을 읽으면 시간의 축적이 삶의 성숙임을 확인할 수 있다.

「전단지 한 장의 무게」는 '전단지 한 장의 무게'를 알려주었다. 생존의 가능성을 높이는 일이라는 점에서 그것은 결코 가볍지 않았다. 「쪽잠」은 작고 미세한 소리에 예민하게 반응하는 인간의 육체를 보여주고 이를 '시인'과 연결하는 인상적인 시였다. 「일몰日沒」은 놀라운 핍진성을 담고 있는 새로운 스타일의 시였다. 「머그잔, 나비」에서 독자들은 '머그잔'과 '나비'를 연결하는, 무생물無生物을 생물生物로 전환하는 시의 마법을 목도하였다. 「바람의 뒷면」에서 김종규가 형상화하는 바람은 공기의 움직임이자 마음의 움직임이다. 복합성의 원리를 구사하는 역동적인 작품인 것이다.

장 콕토Jean Cocteau에 의하면 "시인은 언제나 진실을 말하는 거짓말쟁이이다The poet is a liar who always speaks the truth." 장 콕토의 언급은 시인의 속성을 극적으로 보여준다. 시인은 기존에 없던 언어로 새로운 세계를 창조한다. 익숙한 것과의 단절을 활용한다는 점에서 시인을 거짓말쟁이로 규정할 수도 있을 테다. 그러나 시인은 단순한 거짓말쟁이가 아니다. 시인은 진실을 이야기하는 거짓말쟁이이기 때문이다. 이러한 아이러니한 상황을 견지하는 이가 진정한 시인일 테다. 첫 시집에서 펼쳐지는 김종규의 시 세계는 시의 본령을 보여주었다. 그런 까닭에 그를 가리켜 참된 시인으로 부르는 일은 자연스럽다. 앞으로 시인의 적극적인 행보를 더욱 기대한다.

황금알 시인선

01 정완영 시집 | 구름 山房산방
02 오탁번 시집 | 손님
03 허형만 시집 | 첫차
04 오태환 시집 | 별빛들을 쓰다
05 홍은택 시집 | 통점痛點에서 꽃이 핀다
06 정이랑 시집 | 떡갈나무 잎들이 길을 흔들고
07 송기흥 시집 | 흰뺨검둥오리
08 윤지영 시집 | 물고기의 방
09 정영숙 시집 | 하늘새
10 이유경 시집 | 자갈치통신
11 서춘기 시집 | 새들의 밥상
12 김영탁 시집 |새소리에 몸이 절로 먼 산 보고 인사하네
13 임강빈 시집 | 집 한 채
14 이동재 시집 | 포르노 배우 문상기
15 서 량 시집 | 푸른 절벽
16 김영찬 시집 | 불멸을 힐끗 쳐다보다
17 김효선 시집 | 서른다섯 개의 삐걱거림
18 송준영 시집 | 습득
19 윤관영 시집 | 어쩌다, 내가 예쁜
20 허 림 시집 | 노을강에서 재즈를 듣다
21 박수현 시집 | 운문호 붕어찜
22 이승욱 시집 | 한숨짓는 버릇
23 이자규 시집 | 우물치는 여자
24 오창렬 시집 | 서로 따뜻하다
25 尹錫山 시집 | 밥 나이, 잠 나이
26 이정주 시집 | 홍등
27 윤종영 시집 | 구두
28 조성자 시집 | 새우깡
29 강세환 시집 | 벚꽃의 침묵
30 장인수 시집 | 온순한 뿔
31 전기철 시집 | 로깡땡의 일기
32 최을원 시집 | 계단은 잠들지 않는다
33 김영박 시집 | 환한 물방울
34 전용직 시집 | 붓으로 마음을 세우다
35 유정이 시집 | 선인장 꽃기린
36 박종빈 시집 | 모차르트의 변명
37 최춘희 시집 | 시간 여행자
38 임연태 시집 | 청동물고기
39 하정열 시집 | 삶의 흔적 돌
40 김영석 시집 | 거울 속 모래나라
41 정완영 시집 | 詩菴시암의 봄
42 이수영 시집 | 어머니께 말씀드리죠
43 이원식 시집 | 친절한 피카소
44 이미란 시집 | 내 남자의 사랑법法
45 송명진 시집 | 착한 미소
46 김세형 시집 | 찬란을 위하여
47 정완영 시집 | 세월이 무엇입니까
48 임정옥 시집 | 어머니의 완장
49 김영석 시선집 | 모든 구멍은 따뜻하다
50 김은령 시집 | 차경借憬
51 이희섭 시집 | 스타카토
52 김성부 시집 | 달항아리
53 유봉희 시집 | 잠깐 시간의 발을 보았다
54 이상인 시집 | UFO 소나무
55 오시영 시집 | 여수麗水
56 이무권 시집 | 별도 많고
57 김정원 시집 | 환대
58 김명린 시집 | 달의 씨앗
59 최석균 시집 | 수담手談
60 김요아킴 야구시집 | 왼손잡이 투수
61 이경순 시집 | 붉은 나무를 찾아서
62 서동안 시집 | 꽃의 인사법
63 이여명 시집 | 말뚝
64 정인목 시집 | 짜구질 소리
65 배재열 시집 | 타전
66 이성렬 시집 | 밀회
67 최명란 시집 | 자명한 연애론
68 최명란 시집 | 명랑생각

69 한국의사시인회 시집 | 닥터 K
70 박장재 시집 | 그 남자의 다락방
71 채재순 시집 | 바람의 독서
72 이상훈 시집 | 나비야 나비야
73 구순희 시집 | 군사 우편
74 이원식 시집 | 비둘기 모네
75 김생수 시집 | 지나가다
76 김성도 시집 | 벌락마을
77 권영해 시집 | 봄은 경력 사원
78 박철영 시집 | 낙타는 비를 기다리지 않는다
79 박윤규 시집 | 꽃은 피다
80 김시탁 시집 | 술 취한 바람을 보았다
81 임형신 시집 | 서강에 다녀오다
82 이경아 시집 | 겨울 숲에 들다
83 조승래 시집 | 하오의 숲
84 박상돈 시집 | 와! 그때처럼
85 한국의사시인회 시집 | 환자가 경전이다
86 윤유점 시집 | 내 인생의 바이블 코드
87 강석화 시집 | 호리천리
88 유 담 시집 | 두근거리는 지금
89 엄태경 시집 | 호랑이를 탔다
90 민창홍 시집 | 닭과 코스모스
91 김길나 시집 | 일탈의 순간
92 최명길 시집 | 산시 백두대간
93 방순미 시집 | 매화꽃 펴야 오것다
94 강상기 시집 | 콩의 변증법
95 류인채 시집 | 소리의 거처
96 양아정 시집 | 푸줏간집 여자
97 김명희 시집 | 꽃의 타지마할
98 한소운 시집 | 꿈꾸는 비단길
99 김윤희 시집 | 오아시스의 거간꾼
100 니시 가즈토모(西一知) 시집 | 우리 등 뒤의 천사
101 오쓰보 레미코(大坪れみ子) 시집 | 달의 얼굴
102 김 영 시집 | 나비 편지
103 김원옥 시집 | 바다의 비망록
104 박 산 시집 | 무야의 푸른 샛별
105 하정열 시집 | 삶의 순례길
106 한선자 시집 | 울어라 실컷, 울어라
107 김영철 어린이시조집 | 마음 한 장, 생각 한 겹
108 정영운 시집 | 딴청 피우는 여자
109 김환식 시집 | 버팀목
110 변승기 시집 | 그대 이름을 다시 불러본다
111 서상만 시집 | 분월포芬月浦
112 잇시키 마코토(一色真理) 시집 | 암호해독사
113 홍지헌 시집 | 나는 없네
114 우미자 시집 | 첫 마을에 닿는 길
115 김은숙 시집 | 귀뜸
116 최연홍 시집 | 하얀 목화꼬리사슴
117 정경해 시집 | 술항아리
118 이월춘 시집 | 감나무 맹자
119 이성률 시집 | 둘레길
120 윤범모 장편시집 | 토함산 석굴암
121 오세경 시집 | 발톱 다듬는 여자
122 김기화 시집 | 고맙다
123 광복70주년, 한일수교 50주년 기념 한일 70인 시선집 | 생의 인사말
124 양민주 시집 | 아버지의 늪
125 서정춘 복간 시집 | 죽편竹篇
126 신승철 시집 | 기적 수업
127 이수익 시집 | 침묵의 여울
128 김정윤 시집 | 바람의 집
129 양 숙 시집 | 염천 동사炎天 凍死
130 시문학연구회 하로동선夏爐冬扇 시집 | 안개가 자욱한 숲이다
131 백선오 시집 | 월요일 오전
132 유정자 시집 | 무늬
133 허윤정 시집 | 꽃의 어록語錄

134 성선경 시집 | 서른 살의 박봉 씨
135 이종만 시집 | 찰나의 꽃
136 박중식 시집 | 산곡山曲
137 최일화 시집 | 그의 노래
138 강지연 시집 | 소소
139 이종문 시집 | 아버지가 서 계시네
140 류인채 시집 | 거북이의 처세술
141 정영선 시집 | 만월滿月의 여자
142 강흥수 시집 | 아비
143 김영탁 시집 | 냉장고 여자
144 김요아킴 시집 | 그녀의 시모노세끼항
145 이원명 시집 | 즈믄 날의 소묘
146 최명길 시집 | 히말라야 뿔무소
147 시문학연구회 하로동선夏爐冬扇 시집 2 | 출렁, 그대가 온다
148 손영숙 시집 | 지붕 없는 아이들
149 박 잠 시집 | 나무가 하늘뼈로 남았을 때
150 김원욱 시집 | 누군가의 누군가는
151 유자효 시집 | 꼭
152 김승강 시집 | 봄날의 라디오
153 이민화 시집 | 오래된 잠
154 이상원李相源 시집 | 내 그림자 밟지 마라
155 공영해 시조집 | 아카시아 꽃숲에서
156 미즈타 노리코(水田宗子) 시집 | 귀로
157 김인애 시집 | 흔들리는 것들의 무게
158 이은심 시집 | 바닥의 권력
159 김선아 시집 | 얼룩이라는 무늬
160 안평옥 시집 | 불벼락 치다
161 김상현 시집 | 김상현의 밥詩
162 이종성 시집 | 산의 마음
163 정경해 시집 | 가난한 아침
164 허영자 시집 | 투명에 대하여 외
165 신병은 시집 | 곁
166 임채성 시집 | 왼바라기
167 고인숙 시집 | 시련은 깜찍하다
168 장하지 시집 | 나뭇잎 우산
169 김미옥 시집 | 어느 슈퍼우먼의 즐거운 감옥
170 전재욱 시집 | 가시나무새
171 서범석 시집 | 짐작되는 평촌역
172 이경아 시집 | 지우개가 없는 나는
173 제주해녀 시조집 | 해양문화의 꽃, 해녀
174 강영은 시집 | 상냥한 시론詩論
175 윤인미 시집 | 물의 가면
176 시문학연구회 하로동선夏爐冬扇 시집 3 | 사랑은 종종 뒤에 있다
177 신태희 시집 | 나무에게 빚지다
178 구재기 시집 | 휘어진 가지
179 조선희 시집 | 애월에 서다
180 민창홍 시집 | 캥거루 백bag을 멘 남자
181 이미화 시집 | 치통의 아침
182 이나혜 시집 | 눈물은 다리가 백 개
183 김일연 시집 | 너와 보낸 봄날
184 장영춘 시집 | 단애에 걸다
185 한성례 시집 | 웃는 꽃
186 박대성 시집 | 아버지, 액자는 따스한가요
187 전용직 시집 | 산수화
188 이효범 시집 | 오래된 오늘
189 이규석 시집 | 갑과 을
190 박상옥 시집 | 끈
191 김상용 시집 | 행복한 나무
192 최명길 시집 | 아내
193 배순금 시집 | 보리수 잎 반지
194 오승철 시집 | 오키나와의 화살표
195 김순이 시선집 | 제주야행濟州夜行
196 오태환 시집 | 바다, 내 언어들의 희망 또는 그 고통스러운 조건
197 김복근 시조집 | 비포리 매화
198 시문학연구회 하로동선夏爐冬扇 시집 4 | 너에게 닿고자 불을 밝힌다

199 이정미 시집 | 열려라 참깨
200 박기섭 시집 | 키 작은 나귀 타고
201 천리(陳黎) 시집 | 섬나라 대만島/國
202 강태구 시집 | 마음의 꼬리
203 구명숙 시집 | 뭉클
204 옌즈(阎志) 시집 | 소년의 시少年辞
205 문학청춘작가회 동인지 2 | 그날의
그림자는 소용돌이치네
206 함국환 시집 | 질주
207 김석인 시조집 | 범종처럼
208 한기팔 시집 | 섬, 우화寓話
209 문순자 시집 | 어쩌다 맑음
210 이우디 시집 | 수식은 잊어요
211 이수익 시집 | 조용한 폭발
212 박 산 시집 | 인공지능이 지은 시
213 박현자 시집 | 아날로그를 듣다
214 시문학연구회 하로동선夏爐冬扇 시집 5
| 너를 버리자 내가 돌아왔다
215 박기섭 시집 | 오동꽃을 보며
216 박분필 시집 | 바다의 골목
217 강흥수 시집 | 새벽길
218 정병숙 시집 | 저녁으로의 산책
219 김종호 시선집
220 이창하 시집 | 감사하고 싶은 날
221 박우담 시집 | 계절의 문양
222 제민숙 시조집 | 아직 괜찮다
223 문학청춘작가회 동인지 3 | 고양이가
앉아 있는 자세
224 신승준 시집 | 이연당집怡然堂集 · 下
225 최 준 시집 | 칸트의 산책로
226 이상원 시집 | 변두리
227 이일우 시집 | 여름밤의 눈사람
228 김종규 시집 | 액정사회